곡선의 나무들

곡선의 나무들

1판 1쇄 발행 | 2018년 12월 10일

지은이 | 김계순
발행인 | 이선우
펴낸곳 | 도서출판 선우미디어

　　　　등록 | 1997. 8. 7 제305-2014-000020
　　　　02643 서울시 동대문구 장한로12길 40, 101동 203호
　　　　☎ 2272-3351, 3352 팩스: 2272-5540
　　　　sunwoome@hanmail.net
　　　　Printed in Korea ⓒ 2018. 김계순

값 13,000원

이 도서의 국립중앙도서관 출판예정도서목록(CIP)은 서지정보유통지원시스템
홈페이지(http://seoji.nl.go.kr)와
국가자료공동목록시스템(http://www.nl.go.kr/kolisnet)에서 이용하실 수
있습니다.(CIP제어번호: CIP2018038944)

ISBN 978-89-5658-590-1 03810

곡선의 나무들

김계순 시집

선우미디어

책을 내면서

여고 때 졸업 작품으로 쓴 시 '침묵'으로 시화전에 참여하고 긴 잠 속에 빠져 있다가 〈진천 신문〉에 이따금 칼럼을 발표하곤 했다. 어느 날 친구 윤경이가 그 글을 읽고 농어촌 여성문학을 들고 나를 찾아 왔다. 친구와의 만남이 계기가 되어 내 속에 잠들어 있던 시를 깨우게 되었다.

시를 쓸 수 있도록 귀한 분들을 만난 것은 내게 큰 행운이다. 수필을 가르쳐 주신 반숙자 선생님, 아들 중학교 축제 때 시화 두 점을 만들어 주셨던 도종환 선생님, 정차숙 시인, 한국문인협회 시분과 회장님이셨던 고 김용오 선생님, 김윤희 수필가, 표지에 짧은 시평을 써준 이수안 수필가, 늘 내 글에 긍정적으로 변함없이 응원해 주는 윤경 친구, 그리고 조카 원경….

두 번의 수술 끝에 살 수 있어서 감사하고 사랑하는 신랑과 보물 같은 두 아들 인연으로 맺어진 모든 분들께 감사드린다.

2018년 겨울 초입에서
저자 김계순

차례

책머리에

^{chapter}01 도리깨질

chapter 02 상사화

^{chapter}03 흐르는 시간에

chapter 04 **난향에 빠지다**

chapter

01

_____

도
리
깨
질

목화

곱은 손이 구름을 걷는다
풍만한 제 몸 가누지 못하고
늦은 가을 갱빈밭에
온통 꽃피운 네 모습

구들장 위 구름을 날던 유년
골무 낀 엄니 손가락엔
한 땀으로 이뤄진
내일 시집갈 네가 참 고왔더구나

문득 눈감아 버렸던 마흔 날에
눈꽃이 날린다.

산골 물

트럭도 탈탈 여운으로 먼지만 날리고
신작로 작은 돌 주워
공기놀이하느라 치마에 흙 묻힌 줄도 모르고
저 멀리 저녁연기에
후다닥 튀어 집으로 가던 그 길

늘 삼백예순날
목 축이러 오는 그대에게 변함없이 제 몸 내주고
가뭄의 풀 한 포기에도
잊지 않았던 늘거리 밭가에
변함없이 흐르는 옛 마음이었다.

고향

저만치 보이는 곳
그리운 가슴으로
삼태산 허리의 밤안개
애무하듯 부드럽게 휘감기고

차르륵 오라버니 투망질 소리
준치 쏘가리
연 걸리듯 올라오는 고향의 강

신작로 칡넝쿨
달맞이꽃 이슬 머금고
옛사람 보고파 눈감아 보는
변함없는 풀벌레 소리
고향냄새 그 정.

도리깨질

물푸레나무에서 콩이 튄다
태양빛에 고이 영근 집에서
발광을 한다

도리깨 섰다가
내려치는 멍석바닥에
놀란 그리움이 튄다

흙마당 구석에 박힌 것들이
댑싸리 빗자루에 쓸리고
엄니 두 손 까부르는 키 옆엔
가마니가 서있다

뒤란감잎은 무수히 내리는데
도리깨는 쉼 없이
아버지 등 뒤에 서있다.

양화테

으스름 저녁 봄바람이 품어주는 만종리 내 고향
왈칵 울음이 배는 심연의 그리움
육이오사변 때 짓다만 미완성 기와집
빛바랜 속 흙기와 푸근한 처마 밑 수숫대
도시의 삼겹살을 안마당 텃밭의 상추쌈과 풋마늘
소주 한 잔 막걸리 한 잔 두어 잔…

피붙이 하나 빠진 자리 조카들이 메우지만
허전한 자리

칠흑 같은 어둠 속 우물이 있던 자리에 서니
앞산 그림자만 변함없이
내 곁으로 앉는다.

산촌의 가을은

산촌의 가을은
그저 아쉽게 왔다
그리움을 묻어 두고 가네

노오란 붉은 단풍이
천연의 색조로 활개 치기 전
서리와 첫눈이
이들을 헤치고

산촌의 가을은
구절초 순결한 꽃잎에
짧은 입맞춤으로
구구새 슬픈 울음소리를 삼키며
그렇게 가네

붉은 수숫대 고구마 울타리하기 전
된서리를 뿌리고.

밀

뒤안 마루단지마다 고운가루 꼭꼭 담아놓고
대나무 쟁반 가득 양에 넣어
막걸리에 익힌 찐빵 그득하게 놔두고
늘 언제 오나 우물가에서 기다리던 어머니

큰 마당 까끌한 체취남아 오월이 지나가면
도리깨는 광 앞에서 가을까지 잠자고
키는 부엌 벽에서 한여름 부채질 더위 사위고
별빛 가득 안마당 그렇게 나는 흘렀다

시간은 그대로 거기 서있는데
풀 자라도 이끼 낀 고왔던 기와집
밭 가득 누런 파도가 일렁이던 이랑들

어느새 핀 내 머리 하얀 꽃
눈 감으면 늘 주마등처럼 그리워지는데.

장날

장터 골목 돌면
테잎 감아 놓은 것처럼
말 잘하는 나그네와
먼 고향 떠나 세파에 찌든
회색빛 눈동자를 가진 원숭이 이방인

슬픈 고갯짓 시린 가슴에
수세미 두 장 집어 들었다

사각나무 금고에
지폐 세 장 넣으며
고갯짓하는 원숭이 눈동자를 쳐다보았다

부엌 내 찌든 삶의 냄비가
닦아지지 않으리란 걸 알면서
수세미를 들었다
아마도 거울 탓은 아니었는지.

춘방다방

가을이 내리는 저녁
별방리 춘방다방을 지나간다

희미하게 켜진 불빛이 보인다
몇 해 전까지만 해도 고향에 오면 가끔 들러
커피 한 스푼, 설탕 하나, 프림 두 스푼
하얀 커피잔에
궁합도 맞게 타서 주시곤 했다

이웃집 아저씨도 밭에 거름 피다 오셔서
한 잔 마시고 가고
주인아주머니도 밭 매다 오셔서
호미는 벽에다 걸고
하이얀 잔에 티스푼을 저으시던
환갑도 훨씬 지난 아주머니가 타 주던
그 커피

으스름 가을 저녁 지나가다가
희미하게 켜진
불빛 사이가 은근히 궁금해지는
별방리 춘방다방

아직도 커피를 타시고 계실까.

눈을 감고

늘 풀이 솟아 한여름 맥 놓고 있던 기와

6·25사변 때
맘 좋은 아버지 미리 돈 다 주어
짓다만 미완성 그 집

채양에서 떨어진 빗소리 담아
봉당에서 검은 머리감던 그 집

흙기와 흙벽
아궁이 활활 타오르던 불빛 스민
안방에서 뒤안 밤잎의 소리에
꿈꾸던 내 유년의 그 집

뽕나무 새순 돋으면
누에가 안방 주인되어
소나무 가지에 고치될 때까지

내주었던 그 집

기와집 한 채
물 맑은 논바닥에 파릇파릇 흔들리던
맑은 영혼의 영원한 놀이터 그 집

작약도 고와라
매화도 고와라
봉선화도 고와라
장독대 날숨 쉬던 뒤꼍을 돌던 맴맴 자리

돌담너머 빼곡히 빼곡히 보이던
내 유년들이 어느 날
스러져 버리고

고운 무덤 그리움의 끝
가슴으로 남는구나.

유년의 그리움

밤꽃향기 은밀한 유혹 속에서
해마다 피고지어
무디어진 세월이지만
살며시 부여잡아 봅니다

숨넘어가는 열정은 없지만
손끝으로 전해지는
망초꽃의 그리움입니다

하지가 지나고
감자 캐던 유월
비탈진 밭에 어머니의 모시적삼 사이로
살짝 나온 젖가슴이 그리워서인가 봅니다

마음은 변함없는데 주름은 늘어가고
푹 퍼진 햇살에 호미날에 반짝이던
그런 순수가 그리워서입니다.

어상천

신작로가 앞인 초가
집 뒤 일 년 내내
흐르는 샘이 있었네

자치기하던 이웃집 사내아이한테
한쪽 세상 날아가 버렸던 소녀에서
쪽진 어머니로 아른거리는 기억

밤이면 구구새 울음소리
미명이면 까치소리에
기다림을 같이 한 고운 시간들

가끔 노은재를 품다보면
썰물처럼 빠져나간
심장이 뛰는 메아리의 여운.

요강

마당가 동그라미 속에 밤이 숨었다

삭풍 긴긴밤 윗목에서 기다림으로
새근 잠자던 가족 속에서
구구 거리며 울던 새도
문창살 속으로 스며들던 훤한 달빛
방문 앞을 스쳐지나간 낙엽
사르락거리며 내리는 눈 위로 발걸음 없이
방으로 들어온 고양이에게
천장을 요동치던 쥐들도 침묵 속에서 잠들고

밤새 그렇게 긴 세월 살아온 우리들처럼 살다
지금은 한낮 긴 하품 속에서
사계절 마당가에 앉아
꿈꾸고 있는 그대.

산머루

삼태산 노은재에서 언제 와
도심 불빛 속 서성거리더니
가로등 속에서 꽃피워
한여름 푸른 꿈을 키웠구나

긴 잠 속에도 창밖 네 모습에
단발머리 계집애의 입술
아릿한 기억속 헤매게 하는데

어제는 초가 뒤안 감꽃도
내게로 왔더구나.

가을 저녁

빛바랜 기와로
스미는 밤이슬

무쇠 솥에 콩이 익고
아궁이 불길 따라
부지깽이 활개친다

열 살 계집애의 날뛰던
그리움이 전해지는 날

엄니 묻힌 뒷산
달빛에 푸근한 가을저녁

마흔,
큰 마당에 앉았는데
벼 벤 논바닥엔
산 그림자 무심히 누운 자리

호야 들고 가던 길
서걱대는 감잎처럼
잊혀져 가는 시간들.

저무는 고개

저녁노을 가득 받아 안은 채 저무는 산의 얼굴이 불콰합니다 기르던 소 내다팔고 돌아오는 길 허전한 마음에 부어 넣은 몇 잔의 막걸리로 붉어진 아버지 얼굴빛 같습니다 도종환 선생님의 산방일기를 읽다보니 이 구절에 노은재가 생각납니다

20리길 사계를 힘겹게 넘어 다녔는데 지금은 고운 추억으로 더듬어 보곤 하지요 첫 단풍의 낙엽송이 노오랗게 물든 저번 주 김장을 하러 고개를 넘었습니다 눈이 쌓이면 운동화가 다 젖어서 동상 걸린 이야기들을 하며 눈가에 세월을 스민 우리들의 수다는 예나 지금이나 변함없습니다

신작로가 포장도로로 바뀌면서 편리해졌지만 넘을 때마다 고향은 늘 그곳에서 기다리고 있습니다 어서 오라고.

포장마차

막걸리 한 잔이 정량인데

낮 더위 구름 가렸더니만
뜨거운 입맞춤
숨 쉴 새도 없이

천둥벌거숭이처럼
내리는 국지성 호우

하루 종일 쌓였던
샐러리맨의 울분이었나
짧은 시간 억수다

그 바람에 두 잔이
맘속으로 들어가고
작은 놈 불나게
곁으로 왔다.

멍게, 해삼

서울 땅을 밟은 언니가 첫 조카를 갖고 나서
배운 게 포장마차에서 멍게 해삼

산골에서 갓 졸업하고 온 동생은 모든 것이 신기한지
꿈틀거리는 낙지도, 싱싱한 회도
소가 먹는 풀이 소를 살찌우듯
나물만 좋아라, 나물만 좋아라 했는데

서른둘 짧은 생을 마감한 울 언니
자식은 셋이나 두었는데

어디쯤 잘 살고 있는지
가끔 꿈속에라도 보였으면 좋으련만
잊혀진 이모였나 보다

무더운 여름날 포차에서 멍게 해삼을
한 접시 놓고 보니

한여름 밤 세월이 가는 거
눈 뜨면 또 세월이 가는 거.

가을, 길을 가다

계절의 교차점에서
짧은 생매미의 애달픔이
여운으로 남는다

고요함 속 이끼 덮인 바위에
한 장의 가을이 살포시 내려앉고
바라보는 이 설렘이 파도를 탄다

새삼 또 다시 맑은 공기와 접할까
첫 시작점에 손 모으며
무뎌졌던 사랑에 목마름으로
변함없는 등산길 겸손함을 배운다

하산 길 어느 집 저녁연기조차
가을 냄새가 나는 날이다.

풀냄새

아파트 담 끝으로 지나오다 보니
아침에 보았던 들쑥날쑥 멋대로 살았던
풀들이 자취도 없어지고 풀냄새 그 자리 맴돈다

한여름 소 꼴 베어 들어오시던
아버지 옷에 배인 그 냄새
작두로 썰어 여물통에 풀빛이 짙었던 유년

지나고, 지나고, 더 지나온 다음에야
도심 풀 벤 그 자리에 서서 오래도록 떠나지 않음은

칠월이 가고 있다.

태양빛 사이로 스치는 사랑아

들리는가
간밤 비에 살포시 스러진
한 번의 계절이 지나가는 음률을

사그락거리는 숲 사이로
능선이 길게 보이면
바람은
골짜기에로 긴 융단을 내리고
구름그림자를 이고 있는 단풍은
내게로 흩뿌려지는구나

새벽 먼저 간 그대
기억 속에서 버려질까봐
나도 얼른 마음을 재촉하련다.

그 친구

파르라니 고운 머리
심연의 깊은 눈 속
속세의 짧았던 인연이
아득한 세상인 듯
가까이 앉아 있으매
기억조차 가물거려
모으려고 애쓰는
신작로 길 과거

봄비 내리는 어느 날
꽃잎도 지던 날에

나와 다른 생을 사는
친구라는 이름표.

당신

아이 손잡고 학교 데려다 주고 오는 길이
오늘따라 새롭습니다
큰 길 마다하고 옛길을 택했습니다
늘상 보는 것들이 새삼 경이로운 것은
당신 울타리 속에 우리가 있는 까닭입니다

아이는 붉은 맨드라미를 봉숭아꽃이라며
손톱에 물들여 달라며 떼를 씁니다
주인 없는 지붕 위엔 호박꽃들이
함성을 지르고 있습니다
까만 염소는 꼬리 흔들며 싱그런 아침을 뜯고
지나가는 개가 길 가는 나그네에게 목소리를 높입니다

살랑이는 바람이 불더니
머리 위로 가을비가 내리더군요
풍경을 뒤로 하고

걸음 재촉해 열쇠를 돌리니
당신은 먼 시선으로 하늘을 봅니다

바람이 붑니다
변함없는 당신에게 바람이 붑니다.

지네

봄이 돋아나기 전

정 많은 울 언니
오래 묵은 도라지 밭에서
삼지창으로 땅속을 더듬으셨다

한바구니 가득 담아
마당 수돗가에서
어제 벗어논 고무장갑에
손을 넣는 순간 머리가 곤두선 느낌

길고 굵은 다리도 많이 달린
지네 한 마리가 제 집인 양
들어 있었다

휴
뒷동산

부모님이 살려 주셨나
하마터면
도라지도 못 먹고
약 바를 뻔 했네.

콩을 꺾다

바람에 흔들리는 콩잎이 손짓한다
여름내 밭이랑 고랑이 하나가 된
노오란 세상에 앉아 툭툭 가을을 꺾는다

십일월을 마감할 구철초 눈빛에 잠시 짬을 낸다
볏단 떠난 논바닥에 콩 무더기 자리 마련하고
여름을 태웠던 비닐 걷어내니
고운 살들이 참았던 기운을 토해낸다.

가뭄

마른 바람이 분다
털갈이하던 누렁이도 골창으로 숨었다
땅에서 흙이 제 풀에 일어나 돌아다니고
파란 옥수수 잎에서 설겅거리는
첫서리 소리가 난다

아스팔트는 끓어 넘치고 있고
가로등 하루살이는 미처 못 산 삶에
날뛰고 있다

언제쯤 언제쯤일까
목마르게 기다리는 그가 내게로 오는 길이.

사노라면

사노라면
젊은 날
불꽃처럼 튀다가
저녁놀처럼
아쉬움으로

추운 겨울 소매 속으로
찬바람 들어오듯
나이도 스스럼없이
먹는구나

올 한 해 장자의 말씀을
밭 삼아 살려 했는데
뜻대로 되지 않는 게
인생사였네

타오르는 장작불처럼
한때 나도 저렇게
위안이 되려나.

그때

감자탕을 먹으면서 그 생각이 났을까
영어란 단어도 모르면서 중학교 입학인데
한여름 낫까지 가져오란 말

학교 앞 벽처럼 느껴졌던 산에다
우리들을 풀었지 퇴비를 만든다고
풀을 베다 풀쐐기한테 쏘이고
지금도 그 땀방울이 생각나는데
지덕노체 4H라고 일환이었지
아마도

학교 옆 큰 거름 더미가 있었던 것 같기도 하고
다행히 조금 풀 베다가
이모부가 더 베 주셔서 끝났는데
엊저녁 감자탕 먹다가 갑자기 그 생각이
왜 났는지
그대들도 풀 벤 기억나니.

삶이란

마늘을 캐면서

뿌리를 곱게 뽑는다
달라붙어 있는 흙들도 곱게 털어야 한다
서로 부딪히면 멍이 든다
글면 농사 망친다
한 단씩 묶어서 하우스에 매단다
말린다
다시 내려서 한 접씩 엮는다
글구 어느 집 곳곳 영양분으로 시집간다

양파를 캐면서

마늘잎으로 착각할 정도로 비슷하다
잎을 낫으로 다 벤다
비닐을 걷어내고

탱글탱글한 양파를 캔다
땅에서 탱글탱글한 사과를 뽑는 기분으로
작은 거 큰 거 차이도 많다
큰 몸통에 비해 뿌리는 넘 작아서
자식들 키우는 모정이 생각난다
쉽게 뽑히는 게 있는가 하면
온몸을 다해야 뽑히는 게 있다
밭에 무릎을 꿇고 뽑는다
굴려도 끄떡없다
상처도 없이 꿋꿋하다
상자에 담아
글구 또 어느 집 영양분으로 장가간다

삶이란 귀하게 자라도
천하게 자라도
내 스스로 만족하면 되지 않을까
그게 잘 안되는 게 문제지

끊임없이 스스로 화두를 던지고 묻는다
오늘은 행복했다
손톱 끝이 아려도 뿌듯하다
내일도 행복하다.

사월

자꾸 바람이 나는 걸
날이 새길 기다려
부르지 않아도
걸음걸이 성급히 가게 되는 걸
온 산이 연초록 생명이 소담소담
벚꽃, 조팝꽃, 앵초 들꽃들이
날 불러내는 걸
저 바람에 꽃잎이 내려오고
꽃길이 융단일 때
날이 새길 기다려도
마음은 조바심이네
자꾸만 봄으로 바람이 나는 걸
부스럭 갈잎의 움직임
멧돼지가 비탈로 달아나도
여시가 되어 자꾸만
가게 되는 봄날인 걸.

통했다

무더위에 자라다 만 풀도 누웠다
그림자 지는 골목에
확성기 소리 희미한 울림에
저녁끼니 생각나
보폭 작은 걸음을 내달려본다

하얀 저녁 한 봉지 사들고
계단을 올라갈 때쯤
그이 전화
오늘 비지찌개 먹고 싶다나

통했나 보다
행복한 웃음이 흐른다.

양데

땀이 줄줄 흐르는 날
세탁기 돌아가는 소리에
골목으로 들어선 야채 아저씨
대충 거울을 보고 후딱

양데 한 자루 들고 와 깐다

어머니가 항상 온갖 것에다
맛나게 해주시던 것
꼬투리 연한 건 밥 위에 쪄서
양념에 묻히고
밀가루 반죽에 점점이 박아
사카린과 부풀어 올랐던 빵
밥 위에도 하얗게 분났던
양데다

더운 선풍기 바람에도
쉼 없이 흐르는 아득한 그리움

양데를 깐다.

  *양데 : 강낭콩의 일종

냉이

봄바람이 호미날에 걸쳤다

긴 가뭄 말라있던 계곡에
녹은 겨울이 흐르고
춘삼월 개구리 울음소리
올챙이 알 푸짐한데
또 짝짓기 한창이다

빈 밭이랑은 수채화가 시작되고
향긋한 봄을 한 아름 안았다.

chapter

02

상
사
화

아카시아 꽃

한때는 앞개울에 줄줄이 피어
달콤한 향 꽃잎이 맛나다고 너도나도 먹으며
가위 바위 보 작은 손들이 맞닿는 우정

잎 뗀 줄기로 단발머리에 파마도 하고
국화 핀 창살문 밤새워 열어
소곤거리며 잠들었던 그리운 시간들

지금은 흔적도 없이 쓸려간 앞개울 울타리
미사리 강변에 나타나 흩날리는 향기가
밤새 창문을 두드리는구나.

모과

작고 여린 연분홍 꽃잎
봄바람에 보일 듯 말 듯 흔들리더니
튼튼한 가슴에 기대어
어여쁜 꿈만 꾸었나보다

소소하게 부는 이 가을 날
문득 바라본 너의 존재감
노오란 향기의 절제가
톡톡 터지는구나.

조팝꽃

삼십 년 같이 가는 짝
달빛에 시장 가던 길
걸음을 멈춘다
동산 비탈진 곳
하이얀 꽃송이
그 향기 어찌나 진한지
삶에 무딘 사람도
걸음을 멈추게 하는 봄밤
꽃잎은 함박눈처럼 빛나고
상큼한 봄바람에
내가 꿈꾸는 사랑

조팝꽃 향기에 취하다.

꽃 · 1

겨우내 비실거리던 화분을 내다놓았다
장독 옆에 앉아 비 맞고 볕 쬐더니
어젯밤 열두시에도 별 일 없다가
아침에 눈뜨니 활짝 핀 한 송이
설거지하다 말고도 한 번
큰놈 커피 내려주다가도 한 번
가계부 정리하다가도 한 번
자꾸만 눈길 가는 한 송이 미소다

밤새 얼마나 꼬물거렸을까
삭막한 콘크리트 사이에서 자태 화려하다
간사한 사람 맘 이렇듯 더운 유월
서늘한 실바람 한 자락
꽃잎 따라 들어온다.

작약꽃

해마다 작약은 변함없이 피는데
그때였었지
한없이 울어서
내 몸에 기가 다 빠져버렸었지

언니가 죽은 지도 아주 오래 되었네

울 집 뒤안 작약이 만개하고
자꾸 고향집 가고 싶단 언니
몸이 쇠약해 갈 수 없었네
고향집 작약 한 다발 꺾어 가지고 가니
받아들고, 안아보고, 마지막 기력으로
한없이 밝던 꽃다운 나이였는데
이튿날 눈도 감지 못하고 심장이 멈추었지
짧은 생을 살다 갔다네

참 세월 빠르네
육이오 때 지은 울 집 기와는 이제 새집 됐고
아버지가 뒤안 밭에 환하게 가꾸던
작약도 자취도 없이 스러지고
자꾸만 옛사람이 잊혀지려 하네.

동백

파도 위를 건너
흰 동백꽃 흩날리던 소록도

빨간 동백도 잊혀진 여인처럼
우뚝 선 노송의 바람 곁으로 스러지고
옛이야기 뚝뚝 섧게 묻어난다

머물다 머물다 지쳐버린 날
떠나가던 꽃잎 따라
파도 위를 날고 싶었던 절실함.

제비꽃

고사리 손에 들려진 보라색 반지
지나치다 보지 못한 설렘이 한꺼번에 와
환하게 맞이한 여린 꽃

인연이었나
바람이 하늘로 날릴 때
민들레 홀씨 비상에 낮은 땅에서
묵상의 기도로 한세월 나더니

맑은 날 어여쁜 아가
가현의 손에 제일 먼저 들려진
봄이여
봄이여.

인동초

채 뜯지 못한 망초
묵정밭에서
얕은 바람에 흔들릴 때면
돌담너머 야산엔
하얀 향기로 인동초 피었다

밤꽃 향 두려움 없는
속 수줍은 너는
무명옷 새로 흐르는
가난에 양분되어

어느 초가 굴뚝에
저녁연기 메아리로 울었다.

능소화

칠월은 태양도 강렬하다
장맛비도 세차다
활짝 피어난 꽃잎은
떨어져 있어도 기품 있게 웃는다

골목마다 담장을 넘어온
주홍빛 탐스러움이 실하게 빛난다
가까이 하다가 멈칫
다가갈 수 없는 손끝이 상심이다

칠월은 밤새 환하게 피어난
능소화 같은 나날이다
결코 손 내밀 수 없는
그 사랑이다.

박주가리 꽃

잎도 사랑 가득 담은 표시
가을바람에 쑥스러운 듯
슬며시 짙은 향기를
그윽하게 날리고
한참을 발길 머무르게 하는
별처럼 생긴 아기자기한 모습

잠깐 세상사 근심 버리게
바람 따라 스윽 다가온 너

가을이 지난 어느 날
항아리처럼 부풀어 오른 씨앗들이
바람에 툭 하고 터지면
명주실처럼 하얀 씨들이
눈꽃처럼 펄펄 날아
결코 만만찮은 경험 끝에
살아남으리라

잡초처럼 살기에
어느 날 외로운 이에게 문득
향기를 주다.

양귀비

무채색 하늘에 반달이 걸렸다
홑겹 고운 치마를 입은 네게 살랑대는 걸음을 멈추었다
여염집 규수의 자태로 돌담을 넘어 고고한 자태로
이곳 고덕천 수풀가에 내려왔나
모로 눕는 풀밭에 황소의 우렁찬 메아리가 들린다

자유부인인가
천연의 색깔로 오롯이 낯선 이방인에게 미소를 날린다

돌고 돌아가는 목줄 없는 개도 홑겹 속으로 다가가
코를 박는다.

박태기 꽃

울 아버지 참 무뚝뚝하였지
투박한 칼 퍼렇게 갈아
제종 아저씨랑 평생
서로 머리카락을 밀으셨지

하지만 두레박이 넘실대는 우물 옆은
정갈한 잔디에 연분홍 쌀알이
톡톡 터지는 박태기나무 꽃으로 잘 가꾸셨네

우물에 물 긷다 하늘을 보면
연분홍 꽃비가 내렸었네
아버지 이거 무슨 꽃이야 물으니
무승화 꽃이라고 내 나이 오십에 알았네

아하, 봄이면 제일 먼저 쌀알처럼 터지던
연분홍 꽃잎이 너란 걸.

명자꽃

명자씨
명자씨
봄바람 살랑거리는 화단에
봉긋하니 꽃송이들 명자

어릴 적 등굣길에
허명자야
김명자야
부르던 친구 이름인데
친구는 어여쁜 이름으로
개명을 하였는데

그대가 명자꽃이라 해서
정겹게 느껴진다오
지금 막 피어나는 사춘기
꽃봉오리를 안고 있는 날들이

오래지 않아 피어나면
다시 한 번 명자야 하고
불러봐야지
단발머리 나풀대며 뛰어오던
그애를 생각하며.

계요등꽃

지독한 폭염 탓은 아니지만
몇 날 며칠 심신이 나락으로 떨어지고
그나마 삼부자 생각에 추스려
병원으로 가던 날
초등학교 담 담쟁이 사이로
작은 꽃이 휘청거리는 걸음을 세우네

요상타 첨보는 너로구나
군데군데 제법 꽃술을 삐죽이 내밀고
폭염을 맞고 있는데
내 무릎에 힘이 가해지는 삶이 생기더구나
나팔꽃은 잠깐 피었다 수그리고 있는데
하루 종일 조잘대는 아이들처럼
두런두런 귀엽기까정
힘이 난다 계요등꽃.

모메꽃

그리움 하나 보태졌다
가난을 업고 살던 나이
더하고 더하고 또 더해서
머리끝에 다다랐는데
밭둑 하얀 살결
연분홍 꽃,
선머슴 계집에게
그리움 하나 또 보태졌다.

맥문동 꽃

산책길 푸른 잎들 사이로
이방인처럼 나 보라고
솟아올라 피어 있는 꽃

아기자기 꽃봉오리
옹골차게 태어나
보랏빛 색감에
노오란 꽃술을 앙큼하게 달고
겨울 무심하게 밟혔던
몸뚱이 나였다고 시위하듯

지나가는 이 저절로
걸음 멈추게 만드는
보라색 꽃.

꽃 · 2

쌓인 가을도 뚫고
단단한 벽을 바람으로 녹게
얼음 속 흐르는 계곡에서도 사월은 온다
어제도 다르고
오늘도 다른
마음속 파문의 거대한 바다가 되어
그저 눈물도 나고
그저 행복해서 웃음도 날려보고
그저 그럴 때도
마냥 마냥…
꽃이 피고 지고.

상사화

양지바른 뒤안
장독대 앞
뾰족한 연두가 쏘옥
봄바람을 가르던 날

어느 날 흔적도 없이
잎들이 스러지고
여름이 끝날 때쯤
잊혀진 어제를 기억하게
푸른 대궁이 올라오더니
연분홍 꽃잎이 환하게
뚝뚝 떨구어진 사연들
가슴 깊은 곳에서 울컥
그리움 한 움큼 쏟아내게 하누나

된장 고추장 간장
어머니 숨결 고운

양지바른 장독대에서
불쑥 솟아난
그리움 한 자락
상사화.

박꽃

언제 왔을까
도심 앵두나무에 걸쳐진
하이얀 그리움이 반갑구나
깊은 산골에서 원주로 유학 간
울 언니 닮은 박꽃이여

초가에 앉아 새벽을 여는
네가 이슬을 떨구면
어느새 커다란 박으로 남아
아궁이 지핀 부뚜막에
밥을 안고 우릴 기다리던
울 언니 닮은 정겨운 박꽃이여.

찔레꽃

야금야금 군것질거리로 산야를 넘쳤던
달콤쌉싸름했던 당돌했던 추억
독사도 꽃뱀도 물렀거라
겁 없던 고집떼기 애기씨

어느 날 자그마한 심장에 콕 박힌
감성 하나 작은 꽃
뻐꾸기 울고
네가 피면

도심 울타리 네 모습보다
시원한 들판을 달리고 싶다
그리움을 잡고 싶다.

꽃 · 3

어떤 꽃이 예쁘다고 말할까

풀꽃도 나름 가만히 앉아
바람을 안는 걸 보면 사랑하고 싶다

담장을 고귀한 품격으로 만드는 장미
내려다보는 가시마저도 손잡아 보고 싶다

망초꽃 그윽한 향기가 줄줄이 서 있는
저 들판 더딘 걸음걸이로라도 다가가
손잡아 보고 싶다

소나기가 밟고 간 샛노란 땅콩꽃도
한 방울 하늘 물 안고 있는 그대의
당찬 미래가 사랑스럽다

칡넝쿨과 맞잡은 여주
가녀린 몸 위에
피어나는 꽃도 어여쁘다

그려 그려 세상 내가 보는
그 모든 것이 최고지
어떤 꽃들이 더 예쁘다고 말하는 건
욕심이 고갤 드는 거지.

매화

긴 공백 속에 네가 왔구나
봄바람 살랑이는 속
질투 섞인 겨울이 몹시도 가지 않더니
막지 못한 사랑처럼
톡 하고 터져버린
한 송이 그대
은은한 모시옷에 향기를 담고
살포시 나에게 안기는 구나
지새우는 봄 향기에
너를 앞세우는 구나.

맨드라미

어상천 고개 너머
가을 진 빈 공원
진분홍 연서로
서 있는 그녀

다도에 앉아선 고운 물빛 차로
어머니 하얀 기정떡 위엔
낭창낭창 무늬 놓던 그리움.

동강 할미꽃

바위틈에 뿌리내린 고절한 사연이
소곤 소곤거리는 봄바람에
살짝 문을 열었다

묵은 몸 씻기운 듯
곱게 벗어놓고
볼터치하듯
곱디고운 몸 매무새 여미고

단디 얼었던 그 겨울 강줄기
어느새 녹아
푸르게 흐르고

고운님 방문에 살포시
흔들리는 천연의 색감들
어여쁘구나.

족두리 꽃

그 해
늘 밭일하시던 밭가에
형님을 묻고 돌아오던 날
반질거리던 형님의 장독 옆에
너무 환하게 피었던 왕관 같은 꽃송이
연분홍 꽃 송이 송이들이
한여름 빛을 다 받고 있었다

일생 자식도 없이 사시다 가버리시고
세월도 그냥 흘렀다
산사람은 살아야겠기에
그 장독대는 주인이 오고

해질녘 골목 길 족두리 꽃 세상
손에서 손으로 퍼졌나
기쁨보담 퍼질수록
내려앉은 애달픈 꽃잎.

도라지꽃

항아리 가득 마감이다
향기도 없이 칠월에 문득 오더니
보라색 천상의 색깔로
장마에 젖었다

스치어도 인연이 아니어라
그냥 바람이어서 무심일 텐데
항아리 가득 존재를 안았다.

흐르는 시간에

곡선의 나무들

백덕산은 푸근한 아낙의 모습으로 반긴다

칼바람 사선 눈 내림에도
받는 손길 여인의 둔부 같고
굴곡진 틈새로 쏜살같이
내지르는 함성소리는
제 무덤 파듯 되돌아와
나를 감싼다

발길 닿는 곳마다 그저 온 몸으로
쾌감을 느끼게 하는
곡선의 나무들.

설악산 매봉

짙푸른 청년의 모습으로 그대 서 있구나
살짝 스쳐도 툭
스러지는 연보랏빛 오디의 달콤한 향기

겨우내 묵상하던 계곡
볼에 스치던 바람에 깨어
미소로 바라보는구나

잠시 다녀간 낮 소나기에 튀어 오르는
물방울 리듬이 저리 신나 보이는 구나

푸른 숲 일렁이는 가는 비
산 끝 안개로 묻어
바람에 물어

풋풋한 가슴으로 살포시 안기는
그 산! 설악 매봉.

마산봉 백두대간에서

나이테마다 바람의 끝으로 몰렸던
시간에 타버린 고목 하나
잔가지 하나도 그대 향한
숨 가쁜 세월 속
심장이 멈추어진 가장자리

포대기 안 어머님 등 같은 능선
달콤한 쾌감
가슴에 이는 잉걸불 하나 안고
하산하는 길이다.

물한계곡 봄날에

가을과 겨울이 바람에 날리는 시간 속에
계곡 물소리조차 용트림이다
메마른 가지에도 둥지마다
날개들의 북적거림

갓 나온 달래를
난전에 펼친 촌부의 소맷자락에도
산수유향이 퍼지고

그저 평범한 하루를 미소 짓게 하는 날
봄바람이 물장난을 치는구나.

운길산에서

묵은 잎 사이로
보라색 봄이 피던 날
산문을 향합니다

수종사 끝자락에 서 있으면
두물머리 푸른 강에
그대 소꼴 베며 놀던 곳
한 점 잔물결로 다가와
살포시 눈감아 봅니다

발걸음 추를 달아 놓은 듯
느림으로 느림으로
깃발 날리는 정상엔
구름도 쉬어 가매

한 점인 나도
목마름에 쉬어 봅니다.

야간산행

사소한 것들을 배낭에 메었다

숲 사이로 보이는 저 도시의 불빛은 타락한 황금색이다

어둠이 몰고 온 부드러운 시간들이 내 몸을 감싼다

깊은 밤 정상에서 한 잔의 여유와 배낭을 놓았다

다람쥐 밥들은 풍경소리로 다가오는데

은은한 목탁소리 한 줌 주머니에 넣었다.

소백산

벌거벗은 계절에 외로웠던 마음
절절이 허공을 날던 빈 몸뚱이들
하이얀 점 하나 툭 떨구던 하늘
하염없는 그리움 전하여졌는지
쉴 새 없이 뒤덮는 화사한 겨울나무들
꿈꾸듯 포근한 바위 밑에도
귀 기울인 걸음 계곡물 소리
살며시 붙잡힌 소나무 함박꽃 스러질까
슬며시 놓아버린 사랑.

만수봉

봄이 흐르는 비탈길 말없음표 소나무
가지마다 옥색을 감고 흔들리는 몸짓에
가던 길 잠시 멈추고
싱그러운 그대를 안아본다

발걸음 가벼이 내리막길 오솔길에
덩그러니 앉아 있는 절구통 하나
한때는 화전밭 일구던 부지런한
농부는 도시로 떠났는지
흔적만 남은 집터에 지저귀는 산새들

오롯이 담겨있는 외로움인가
절구 안의 담겨진 그리움 하나 보이는 듯

그렇게 스쳐 지나가는
나그네 뒤돌아보게 하네.

몽돌 구르는 날에

물너울 이랑이 몰려오는 곳
몽돌 구르는 소리가
바람으로 달려옵니다

소매물도 바다에 봄이 담궈졌습니다
연둣빛 고운 물빛에 동백꽃 떨어지면
봄내음 물씬 내 심장에 와 박힙니다

점점이 박힌 돌들의 호기심 어린
눈빛을 보며 걷는 망산엔
산수유, 진달래 여린 몸짓에
봄바람 살며시 설렘을 안겨줍니다

절벽 위 천년 노송의 미소도
빨간 지붕도 하루의 여유를 묻어줍니다
칠흑을 안고 돌아오는 길
피곤한 행복이 몰려옵니다.

계방산 눈

곰살궂은 황소의 등 같은 봉우리
먼저 간 그대의 발자국은
흰 꽃으로 무늬를 남기고

천년의 바위에 앉았다
하룻밤 새 연인의 모습으로
덮여 있구나

가을을 간직한 나뭇잎 하나도
스러지지 않은 곳
포근하구나.

흐르는 시간에

느림의 바위 위 칼날 같은 사선으로
여름을 비우는 백운계곡의 흐름이
마음을 정화시켜 주는구나

발목을 담가도 온몸을 담그듯이 서 있는
나무들, 나무들, 소근거림

죽음의 사선에서 벗어버리듯
개구리 한 마리 날쌘 몸놀림에
구경하는 산초들

뒤이어 수직낙하하는
독사 한 마리 그렇게 또 한 끼 놓치고
슬그머니 칼날 같은 사선을 버리고
여름 속으로 사라져 버린다.

고려산 진달래

화환을 걸었습니다

꽃술 한잔에 취한 듯 슬그머니
봄바람에
행복이란 단어가 심장으로 와 박힙니다

그대를 사랑한 건 사실이지만

까마득한 날에
꼭 한번만 가슴에 새기고 싶은 날입니다.

강씨봉에서

소소한 바람이 파고드는 길
걷는 걸음마다 귓가에 소곤거린다
밧줄을 잡은 끝으로도
바람은 곁에서 맴돈다

배낭을 멘 그대는 앞서거니 뒷서거니
가다가 뒤돌아보는데
오늘은 삶의 무게가 보이질 않는다

여름의 무게들이 나무에서 뚝뚝
떨어질 때마다
가는 길이 곱다고 바람은 내게
말한다.

대이작도

갯벌에 기하학적 무늬로 수수께끼를 만들었구나
밤새 싸돌아다닌 발걸음이 정 깊어졌구나
새벽을 몰고 온 파도에 안으로 잠구어 버린 문패
해거름 노을빛에 그리운 물거품으로
너를 두고 나는 가는구나.

내소사의 가을

홀로 가는 푸른색을 슥슥 지우던 날
사방 병풍 붉은 색감에 살짝 눈 뜬 부처
바람소리조차 고요해 풍경소리 잠자는 시간
솔솔 걸어오는 대문 밖 전 내음새, 막걸리가
관세음을 돌리던 염주 고절한 향기에
모든 것 싸안고 나오는 발걸음에
머리카락만 휘날린다.

거기 그대가 오지 않아서

오대산 비로봉엔 수줍은 처녀의 흔적들이 흩뿌려져 있다

제 속살 다 보여준 초침 속 함박꽃이 핀 날
연녹색 초봄의 가녀린 이파리들이 그리워
비~인 가지 끝 살짝 핀 겨울이
따사로운 햇살에 배시시 웃는다

인연의 골이 깊어
칠천 겁을 꿈꾸는 바위 위에도
천수를 누린 푸근한 등 같은 고목도
목화송이 나풀거리듯
그렇게 한 자락의 정점에서
마음을 엮어 놓는구나

더딘 발걸음에도 바쁠 것 없는
지우고, 버리고, 또 너를 품고 하산하는 중이다.

산에서

묵은 숲 위에 우거진 오월
허리춤 흘릴까
살그머니 앉는데

사르륵 뱀 한 마리 산만한 내게 놀랐나보다

떠나갈 듯 비명 소스라치니
그가 싱거운 듯 웃는다.

주전골에서

두런두런 소리로 가는 이 걸음을 멈추게 하는
벽 사이 흐르는 옛 이야기 맑음 속
산 운무 살짝 실루엣 걸친 듯
설핏 그 비밀스러움

병풍취 소담스러운 푸르름
바위 위 점점이 색칠을 하고 있는 곳

아늑한 전설을 풀어나가듯
굽이굽이 향기를 맡으며
도란도란 정도 깊어가는 우리네 인연

어제 오늘 내일도 잊지 않은
늦봄의 외도에 가슴이 벅차던
날입니다.

소금강, 여름이 들어서다

작년 가을의 낯선 흔적을 밟고
소금강에 유월이 흐른다
계곡을 따르는 물줄기마다
정분난 바람이 스치듯, 살피듯
서늘함을 발걸음에 선사한다
바위의 사랑이 진한가
농익은 솔들의 고고한 자태

깎여진 세월의 조각들
살풋한 흐름을 따라
여름이 들어선 길 따라
입술에 물들던 보랏빛 오디
달콤한 시간.

절벽

살풋한 음영 속
모진 세월

비바람에 살포시
내 몸에 앉았던

그대 진달래

억년의 바위틈
내 집인 양

고운 빛으로
나를 품었구나.

월출산에서

암벽에도 사랑이 피어납니다
가을빛이 살풋하게 스며든 속으로
어루만지듯 스쳐지나가는 인연입니다

여리게 피어난
구절초 순결한 꽃잎에도
짧은 입맞춤 긴 아쉬움으로 뒤돌아보는
여운입니다

통천문 하늘 끄트머리엔
머리칼 사이로 스미는 바람

날개의 자유로 쉼 없이 활개짓하는
회색빛 이름 없는 새의 여유로움

반가운 다래나무의 가을 색채

무거운 내 지문을 남기고
날 듯 하산합니다.

데스밸리

하얀 눈이 내린 것처럼
높은 산과 넓은 대지에
온통 반짝이는 네바다 주
소금밭에 서 있다

그 옛날 황금을 찾으러 왔다가
목이 말라 녹은 소금물을 마시고
많은 죽음이 있었던 곳

반사된 태양열에 익을 것 같은 몸에
얼른 양산을 펼치고 앉아
신기해서 땅바닥을 콕
찍어 입에 넣었다
짜다

살랑거리는 2월 바람이
척박한 땅에도

꽃씨를 퍼트렸나 보다
연분홍 꽃들과
순백의 꽃들이
경이로움을 자아낸다

방울뱀도 나타난다는
가이드 말에
몸이 오그라든다

일년에 딱 두 달만 볼수
있다는 꽃들과 걸을 수 있다는
13시간 날아와 이곳에 서 있다.

여행

불쑥 나타난 캘리포니아 한 자락에 와 있다
끝없이 펼쳐진 사막 길을 몇 시간째 달리며
라스베가스를 향해간다

저 멀리 삼천고산엔 흰 눈이 쌓이고
하이얀 바다의 그림자 소금산도 휘이휘이 지나간다
태양은 너무 뜨거워서, 바람은 너무 차가워서
자라지 않는 삭막한 땅들을 지가가고 있다
메말라버린 풀들조차 미동도 없다
자라다만 풀들도 태초의 그곳으로 가려는지 하얗다

어릴 때 영화로만 보았던 나라를
조그마한 우주가 여행을 한다.

파타야 산호섬

시간에 깎이고 버려져서 쌓인 고운 모래로
잔재를 남긴 산호
푸른 바다를 바라보다 사그라진 영혼의 무덤
발밑으로 느끼는 촉감의 비밀스러움

파라솔 속으로 비추는 태양의 강렬함이
파도를 쫓아가게 엉덩이를 밀어내는 날

살랑대는 옷감을 감고 깊은 눈을 가진 이국인
무심한 듯 과일 쟁반이 허공에서 노닌다

매일 오고가는 인연에 익숙해진 듯
탁자 위 늘어진 고양이의 몸짓

나는 어쩌다 온 이곳에서 기억을 업고 간다.

석모도에서

소쩍새 우는 석모도 밤
잠이 오질 않아 턱을 괴고
전망 좋은 베란다에 밤을 뉘었는데
저 멀리 살아있는 불빛을 본다
한여름 더위가 사위지고
짭조름한 바람이 서늘하게
창문 틈새로 불어오고
집 잃은 작은 게 한 마리도
방으로 들어와서 몸을 뉘인다
오늘이 가면 더 행복해질 내일을 기다리며
턱을 괸 손을 내린다
밤바람이 애무하듯 부드럽게 다가온다.

부채길을 가다

비바람에 깎인 시간에 문이 열렸다

철조망 사이로 보이는 애틋한 시선의
한 떨기 해당화
먼데서 불어온 바람에도
곁에서 부는 미풍에도
가슴 졸이며 기다린 긴긴 세월에
등 밀어 문이 열렸다

파도 위에 앉아있는 저 새도
반가움에 몸 돌려 앉는다

빗겨진 바위틈에 결 고운 찔레꽃
향기로움이다
나풀대는 인동초 위에 바람 얹어와
걸음걸음에 뿌려지는 행복이다.

사량도에서

포말이 멈추어진 가장자리
쑥떡을 빚어 놓은 듯 잔잔한
결코 쉽게 몸을 허락할 수 없는
파도는 눈물을 머금고 있었다

해안선 발자국마다
낯선 이의 향기가 빗물을 안고
내게로 스민다

세월의 주름살이 발끝만 보이는
한 점 생의 나날들이여

깊었던 풍경만큼 가슴이 아린다.

정선 오일장

세월 묻은 은비녀 꽂고 앉아
장작불에 구운 엿을 팔던
그분은 어디 갔을까

십년이 지난 오늘이다
사람도 북적이는 정선장 전병 집엔
줄이 나래비로 섰다

전병 사자고 앞사람 뒤통수만 삼십여 분째
비닐봉지 한 아름 정선장이다.

미시령 옛길에서

북적이던 시간들이 정지해 버린 곳
산안개가 반가운 듯 내리고
유월의 뜨거운 열기는 자취도 없이
사라져버린 미시령 고갯길
봐주는 이 없이 함박꽃도 이름 모를 꽃도
스쳐 지나가는 인연이 다한 듯
고개를 떨군다
반가움에 나를 감싼 안개는
떠나가질 않는다
굽이지는 고갯길 뒤돌아보다보니
비릿한 바다가 또 나를 품는구나.

따알

칼데라 호수의 작은 마을
태양빛에 구릿빛 얼굴들
하루 몇 달러에 의지한 삶
평생 호수 밖으로의 세계로는
꿈에서나 꾸는지

비탈길 사백 미터
마부의 이마에 검은 땀방울이 나섰다

말 등에 앉아 하늘을 보니
담 커진 나그네가 새롭다

잠자는 휴화산의 꿈틀거림
칼데라 호수의 따알이라는
작은 마을에서
손끝으로 전해진
그녀의 하루가 잔잔하다.

무의도

눈물로 메꾸어진 바위틈에 안개비가 스민다

스산한 갯벌
안으로 잠가진 자물쇠들
석모도 뱃전으로 간 갈매기도 오지 않는 날이다

세포가 살아 숨 쉬는 회 한 젓가락에
소주가 춤을 춘다
저녁놀이 다가온다

산 사람은 또 그렇게 살아가나 보다.

길 위에서

고요하던 물이 흙탕물 되어 넘치고
옥수수 꽃잎에 무게를 더한 여름
칠월은 우리에게 깊은 이름으로
도로 위 수면으로 날으는 시간

강씨봉 꼭두배기 산안개 휩싸이고
바라다 보다 바라다 보다
쌓이는 물방울만 애꿎게
손사래 쳐 본다

칡넝쿨 속 잠자던 비탈이 흘러 넘쳐도
오후의 시간은 끝내 진정한
칠월은 우리에게 깊은 이름으로
즐거운 추억이 되었습니다.

chapter

04

난
향
에

빠
지
다

봄비

비가 온다고
우비를 입고
산을 오르네
인생이 산 같다고

많이 힘들 때
실바람 불고
심연 저 밑바닥까정
아픔일 때 꽃이 피어

살아있음을
내 살결로 끼고
침묵으로 세상을 봐도
꽃은 진정 설렘을 주는 게지

무르익은 꽃 속에
봄비가 안긴다.

춤추는 사월에

갓 핀 목련으로 사뿐히 내려앉은 봄비

먼 산봉우리엔 하얀 겨울이 다시금 앉아
밭둑 나물 뜯는 손길을 바라보네
태양은 웃으면서 다가오지만
거기서 불어온 바람은
옷깃을 여미게 하는 심술쟁이

마주보는 손가락엔 쑥 향이 넘실대고
잠깐 주춤거리던 싹들이
그래도 문을 연다

고소한 쑥전에 포도주 세 잔
사월이 익어가는 밤이다.

봄에

산골짝 양지바른 기슭
생강꽃 허공에 노오란 정점들
알알이 피어 낙엽 하나에 숨어버린 날
비바람에 살짝 흩날리고
겨울 그 존재의 가벼운 눈발에도
오소소한 한기가 있을 뿐
노오란 빛 꽃잎으로
내 찻잔 어딘가에
툭 하니 심고 싶은 봄날이다.

그대 딱 거기까지입니다

그대 딱 거기까지입니다
어쩌다 그리울라치면
마음을 추스르세요
젊은 시절 환하게 피었던 꽃잎 위에
어디론가 떠나가는 내 마음의 날개가
딱 그곳에 앉았나봅니다

바위틈 노오란 하루가 섧다고
바람에 흔들리다 보니
마음을 추스르는 시간을 알았습니다
딱 거기까지만입니다

다시 겸손을 배우고 오늘을 다잡는
시간들이 다가왔어요
그저 아침이 감사하고
그저 점심이 감사하고
그저 저녁이 감사함을.

농사

밭이랑 고랑에도 어김없는 가을입니다
뿌리째 거둬진 고춧대
붉은 결실이 알알이 알싸한 향을 안고
손길을 기다립니다

옛길 신작로
지금은 포장된 도로에서 무진장 달려가는
바퀴의 진동이 무심한 듯 바라보다
누워버린 가을입니다

오래전 아버지가 켜켜이 쌓아 논
돌담에도 푸른 이끼에 세월이 흐르는데…

예전 바람을 몰고 온 듯
문득 뒤돌아봅니다

밭둑 돌 틈새 버린 돌 녹두는 여전히
까만 눈빛을 반짝이며
포대에 담는 손끝을 향한
기다림으로 지는 해를 또 한 해
바라봅니다

늦은 저녁 산 그림자 안고
다래넝쿨문 지나 귀가합니다.

싹

긴 가뭄 속에 시름이 얼마나 깊었는지
하늘만 바라보던 촌부의 하루하루

수분기 없는 살 갈라지듯 찍찍
핏줄이 보이는 대지에 드디어
먹구름에 쏟아진 빗줄기
입맞춤하듯 살 속을 파고든
촉촉한 산소의 날림 속에
잊고 있었던 생명줄 하나
초록으로 쏘옥 얼마나 기쁜지…

백년만의 가뭄이었다나
배배 꼬이면 벼 포기에도
또르르 물방울 소리
한시름 맘 놓은 촌부의 어깨가
세워지고 한 여름매미도 힘차게
새삼 우렁차다.

꽃 지는 자리

바람이 아니어도
비가 오지 않아도
꽃 피면 지는 거지
지는 자리 가장 낮은 곳에서
다시 피는 꽃들이여
고운 향도 앉아야 느끼지

가슴이 허해
가슴이 아린 봄날
잠시 곁에 머무르는
인연 오래도록 기억 속에 간직되어
퍼런 멍울도 사랑할 수 있는 불륜
또다시 왔어도
사랑해도 잊혀지는
이 봄날이여.

김장을 하며

잠시 외도를 하고 다시 돌아온 곳
짠 소금물에 청춘을 담그어 버리듯
가을을 물고 겨울을 준비한다

쉼 없는 무채색 수돗물에
미친년 머리 잡듯 흔들어 대며
마지막 큰 돌을 버린다

벌겋게 달구어진 복잡한 생각으로
찬바람 머리채 싸잡아 가지만
옛 정이 그리워 나는 퍼질러 앉아
사정없이 너를 정복해 버린다.

빗소리

드럼 치는 소리 거칠다
낯선 사내의 숨결인양 한 번씩 내뱉고는
하수구를 따라 블랙홀로 빠져들고
아니면 아스팔트 위에 서성대다
힐에 눈 맞아 현관문까지 가던 이도 있다

눈을 감아도 모기장 속으로 응큼스레 들어와
음악도 아닌 것이 음색을 내며
뇌 속을 방종하게 헤집는다
달콤한 나락으로 빠질라치면
번쩍이는 빛에 나의 전라까지도

밤새 그렇게.

지하철에서 · 1

수원 가는 기차에 앉을 자리가 없네
노약자, 장애인, 임산부 좌석에 자리 하나
슬그머니 앉았는데 눈을 감고 싶네
한참 있다 눈을 뜨니 할머니 한 분이 보이네
앉으라시니 꽃무늬 잔잔한 가방이 예쁘다며
말씀만 하시네

아, 나도 먹을 만큼 먹었나보다
무릎에 허리에 성할 날 없는 걸 아셨나보다
다행이 빈자리가 속속 나와
뜨끔한 마음이 좀 편해졌다네
기차는 낮인데 긴 터널 속을 밤 삼아
수원으로 달려가네

흔들리는 좌석도 설레임으로
봄바람 부나보다.

가을커피

은행잎, 황금빛
찬란한 날에
커피 한 잔
내민 손끝
참 따스하다.

지하철에서 · 2

참 바쁘다
느긋하게 걷는 내가 이상하다
갈 데가 있어서 가고 싶은 데가 있어서
눈 감고 앉아 있는 사람이나
손잡이도 잡지 못한 채로
꽉 찬 공간에 공유를 하며
목적지마다 문이 열리면
사람과 사람이 체인지 된다
그러다가 문득 보면 어느새 나도
모아놓았던 긴 숨을 토해내며 밖에 서 있다

참 바쁘게 산다
어느새 이 나이만큼 왔는지
나를 버리고 어느새 또 나를 위해
지하철은 빠르게 또 가고 있다.

늦가을

이제 그 자리에 누군가가 채울까
겨울바람이 채울까
함께할 바람이 머물다
누군가를 붙잡을까
겨울엔 여기에 무엇이 있을까
생각하다 봄을 맞이할 거나
산다는 건 생각 나누기
생각하기 사랑하기 아쉬워하기
비우기 체념하기
다시 생각하기 다시 가보기.

면회

밤새 잠이 오지 않아 눈감고 있다
뿌연 쌀뜨물처럼 창가에 열릴 때
계란 열 개를 부치고 오이에 햄
소시지 단무지 당근을 상 위에 놓고
까만 김 위에 속을 예쁘게 채웠다
섭씨 30도 뙤약볕 행여 상할까
얼음을 채워 굽이굽이 약도를 쫓아가니

스물두 살 태양에 그을린
떠나갈 땐 아기였는데
웬 싱그러운 청년이 서있다
한번 꼭 안아본 아들.

난향에 빠지다

회색빛 구름 사이로 햇살이
창가를 서성거렸나 보다

수줍은 듯 살포시
여린 미소에 따스함이 돌고 있구나

도란도란 세상사 이야기
녹아내린 시간들

산다는 것
가끔은 한 번씩
꽃향기에 미소 짓고
싶은 날이다.

연인

이석리 강가
예쁘장한 카페
고운 연인 노부부 마주앉아
아메리카노를 마시고 있네

긴 세월 동안 남겨진 주름들
모자 밑으로 보이는
파뿌리 같은 머리카락도
다정인 듯 서로 바라보고 있네

지팡이대신 유모차대신
아장아장 두 손 잡고
멀어져 가고 있는 뒷모습
집으로 가나보다

나도 저렇게 살고 싶다.

저녁

고속도로 불빛은
그 누가 그리워 저렇게
질주하는가

팔월의 벼 이삭은 꽃술을 달고
매달린 포도는 짙은 보라로
단내음을 풍기는구나

석양은 바다가 되어
섬으로 보이는 노을빛 하늘
성난 파도가 친다

그 밑 어둠으로 갇힌
산속을 헤매는 구나
헤매는 시간 멀어져 가고
초승달 삐죽이
내게로 오는구나.

벗과 보탑사에서

작년 늦여름 땡감 떨어지던
감나무 여전히 푸른빛 감돌며 반기고
문학을 나누었던 흙집엔
박꽃이 소담스럽게 피어
지붕으로 비상하고 있습니다

풍경소리 가슴으로 가득 차고
연꽃골 산사엔 운무가
솔나무 허리를 휘감아 돕니다

산다는 것에 대한 답을 달라며
부처님께 엎드려 봅니다

비는 자박이 발등에 떨어지고
물봉선화 뒤로한 채
바람에 실려 오는 향내음이
속세로 돌아오는 우릴 따라옵니다.

청량리 16번지

소나기보다 계곡물 소리가 더 크게 들리는
하늘 아래 첫 동네 청량리 16번지
북적이던 광산골 사람들 떠나가고
수십 년 혼자 남아 하늘로만 올라가던
뽕나무 한 그루에 보랏빛 오디가
반가움에 우수수 떨어지던 날
다시 오솔길이 넓혀지고
터만 남았던 곳곳에 미명을 여는
반가움들이 일어서고 있다
뜨거운 열기도 서늘한 바람도
새로운 희망으로 잊혀졌던
아득한 옛날이야기들이
다시금 소곤 소곤거리는
계곡물 소리가 정겨운 하늘아래
첫 동네 청량리 16번지
창문 앞에 새벽이 와
두드리고 있다.

아들

뱃속에서 놀던 때가 엊그제 같은데
어느덧 청년 되어
작아진 어머니 안쓰럽게 바라보는
네가 되었구나

친구가 죽어서 문상 가는 길
고속도로 굉음이 예민하게 들리는데
묵묵히 운전대 잡은 네 모습

엄마는 넘 행복하단다.

수반

아직도 신작로가 펼쳐지고
양쪽 길가에 망초꽃, 원추리꽃이 반기던 곳
어제 내린 비로
한껏 여름을 안은 푸른 강
물안개가
내 좋은 사람을 이끈 자리
어릴 적 와봤던 곳이라고

희미하게 보이는
저 먼 곳까지 꿈틀대며 일어나는
7월의 연꽃이 보이는 곳
동심은 이미 먼 나라로 떠나가고 없는 자리에
동심이고 싶어 와본 여름
자유로운 새 한 마리 날아다닌다.

참을 수 없는 존재의 가벼움

마취가 입으로 들어가면서 의식이 사라진 다음
깨어보니 내 앞으로 희미하게 두 명이 보인다
마취를 너무 짧게 했나 보다
정말 너무 아파서
팔약근에 힘이 저절로 들어가는 게 느껴졌다
진통제를 맞아도 맞아도
머리엔 온 몸으로 가는 고통을 참을 수가 없었다
이틀이 지나면서 약간씩 고통이 사라지려고 하고
소독하러 간 처치실에서 본
배에 끝에서 끝까지 실밥이 쳐져 있었다
네 몸 아니라고 이렇게까지
살아서 다시 보는 가족들,
수술 전 그 기다림으로 어둠만 보다가
병실 창밖으로
까치 두 마리가 날아다니는 날이다

어서 어서 나가고 싶다.

감금

침을 꼭꼭 가둬야 산다
굳은 철문이 열리질 않는다
혼자서 별짓을 다해보다가
결국 내일이면 문이 열린다

닫혀진 문
굳게 입 다문 철벽
하루에도 몇 번씩 문손잡이를
잡았다 놓았다 하다가
어제 문 밖에서 본 11월의
쌩쌩하게 날아다니는
모기가 부럽다는 생각이 드네
발자국 소리라도 들으려고
철벽같은 문에 귀 기울이니
내 뒤에 나와 같이 있던 놈들
기계음 소리가 요란을 떤다.

불나방

밤엔 흐린 불빛 하나
멀리서도 날아와
제 몸을 부딪히는
오늘을 사는 이
불꽃에 몸을 쉼 없이 춤을 춘다
흐린 불빛에 보이지 않는 것이 있어
환하게 켜진 대낮같은 처마 밑에
참 많이도 날개의 흔들림이
밤을 가른다
희미한 새벽
떨어진 어제의 쉼 없는 인생사
소리 없음에 암탉이 홰를 치며
달려온다

안개비 내리는 아침
마당 앞 논엔 누렇게 익은
벼이삭 내음이 날아온다

깨 턴 줄기를 태우는 개울 앞
친척언니의 홀로된 쓸쓸함이
활활 타오르는 꽃불이 춤을 춘다.